Das

Für Katie,
als kleine Erinnerung
an die Zeit in Mogadischu!

Astrid

Zum Buch

Daß Witz und geistreicher Spott nun wirklich nicht männlich
sein müssen, zeigt dieses Buch von der ersten bis zur
letzten Seite. Ausnahmslos Frauen bringen hier – alles
andere als damenhaft – ihre Sicht der Wirklichkeit
auf den Punkt: mit scharfer Zunge, ironisch, angriffslustig,
spöttisch, zuweilen abgrundtief böse.
Und den Männern bleibt das Lachen im
Halse stecken ...

Das Wörterbuch der bösen Mädchen

Schlaue Sprüche von
frechen Frauen

Herausgegeben von Tania Schlie
unter Mitarbeit von Hubertus Rabe
und Johannes Thiele

Econ & List Taschenbuch Verlag

Veröffentlicht im Econ & List Taschenbuch Verlag 1999
Der Econ & List Taschenbuch Verlag ist ein Unternehmen
der Econ & List Verlagsgesellschaft GmbH, München
© 1997 by Marion von Schröder Verlag, München
Umschlagkonzept: Büro Meyer & Schmidt,
München – Jorge Schmidt
Umschlagrealisation: Init GmbH, Bielefeld
Titelabbildung: S. Winkler, München
Druck und Bindearbeiten: Ebner Ulm
Printed in Germany
ISBN 3-612-26615-2

A

Abend

Das Übel mit den Männern ist, daß sie sich am Morgen um zehn Jahre jünger fühlen und am Abend um zwanzig Jahre älter.
CARMEN ORTIZ

Abendkleid

Ich trage große Abendkleider immer nur einmal und verschenke sie dann. So kommt es, daß sie alle häufiger ausgehen als ich selbst.
BRIGITTE BARDOT

Absicht

Man kann eher die Ansichten eines Mannes ändern als seine Absichten.
TOPSY KÜPPERS

Adam

Adam war nichts als ein roher Entwurf, und die Schöpfung des Menschen ist Gott erst völlig gelungen, als er Eva geschaffen hat.
SIMONE DE BEAUVOIR

Adel

Der Adel in einer Republik erinnert an ein Huhn, dem man den Hals umgedreht hat: Es rennt vielleicht noch aufgeregt durch die Gegend, ist aber in Wirklichkeit längst tot.
NANCY MITFORD

Ändern

Die meisten Frauen setzen alles daran, einen Mann zu ändern; und wenn sie ihn geändert haben, mögen sie ihn nicht mehr.
MARLENE DIETRICH

Alkohol

Noch ein Glas mehr, und ich hätte unter dem Gastgeber gelegen.
DOROTHY PARKER

Allüren

Allüren sind nur etwas für die Unfertigen.
AUDREY HEPBURN

Alter

Das Alter ist, als ob man mit dem Flugzeug in einen Sturm gerät. Einmal an Bord, kann man nichts mehr daran ändern.
GOLDA MEIR

Jung sein ist schön; alt sein ist bequem.
MARIE VON EBNER-ESCHENBACH

Wir werden alt, unsre Eitelkeit
wird immer jünger.
MARIE VON EBNER-ESCHENBACH

Je älter man wird, desto mehr ähnelt die
Geburtstagstorte einem Fackelzug.
KATHARINE HEPBURN

Alter schützt vor Liebe nicht, aber Liebe
schützt bis zu einem gewissen Grad vor Alter.
JEANNE MOREAU

Alt fühlt man sich nur dann, wenn man Dinge
bereut, die man falsch gemacht hat.
SOPHIA LOREN

Es gibt keinen Antiquitäten-Fan, dessen
Vorliebe für das Alter sich auch auf Frauen
erstrecken würde.
MICHÈLE MORGAN

Frauen fürchten nicht das Alter. Sie fürchten
nur die Meinung der Männer über alte Frauen.
JEANNE MOREAU

Männer sind so alt, wie sie sich fühlen, Frauen
so jung, wie sie aussehen.
BARBARA CARTLAND

Anbeißen

Je weniger Zähne ein Mann hat,
desto leichter beißt er an.
Trude Hesterberg

Angeber

Viele Männer sind nichts als fürchterliche
Angeber, bei denen man nur auf die Hose
gucken darf, weil sie im Gehirn nichts haben.
Inge Meysel

Angler

Angler erkennt man daran, daß sie nichts
fangen. Bringt ein Mann, der angeblich beim
Angeln war, Fische nach Hause,
ist Vorsicht geboten.
Diana Pricker

Anlauf

Wenn ein Mann zurückweicht, weicht er
zurück. Eine Frau weicht nur zurück, um
besser Anlauf nehmen zu können.

Zsa Zsa Gábor

Antiquitäten

Antiquitäten sind Sachen von gestern
nach dem Geschmack von heute
zu den Preisen von morgen.

Liselotte Pulver

Anziehen

Wenn man nicht weiß, was man zu einer
Gesellschaft anziehen soll, kommt man am
besten als erste. Dann haben die andern das
Gefühl, falsch angezogen zu sein.

Dagmar Koller

Aphrodisiakum

Das beste Aphrodisiakum für eine Frau in den
Dreißigern ist ein Mann, der nach dem Essen
das Geschirr abwäscht.

HERMINE OHLEN

Arbeit

Wahre Klasse bedeutet, über Arbeit niemals
auch nur sprechen zu müssen.

ERICA JONG

Augen

Wenn es darauf ankommt, in den Augen einer
Frau zu lesen, sind die meisten Männer
Analphabeten.

HEIDELINDE WEISS

Ausziehen

Es kommt nicht darauf an, was eine Frau
anzieht, sondern wie sie es auszieht.
LIBBY JONES

Heute steht eine Frau bei einer Party immer
vor der Frage, ob sie genug angezogen oder
genug ausgezogen ist.
CATHÉRINE DENEUVE

Nichts ist trauriger als eine Frau, die sich aus
anderen Gründen auszieht als für die Liebe.
JULIETTE GRÉCO

Auto

Es würde viel weniger Autounfälle geben,
wenn die Männer lernten,
mit einer Hand zu lenken.
LAURA VIVALDI

Wie ein Mann Auto fährt, so möchte er sein.
ANNA MAGNANI

Wenn ein Mann einer Frau höflich die Wagentüre aufreißt, dann ist entweder der Wagen neu oder die Frau.
Uschi Glas

Geschwindigkeitsbegrenzungen sind für viele männliche Autofahrer so etwas wie eine amtlich verfügte Potenzminderung.
Silvia Mingotti

Der Mann am Steuer ist ein Pfau, der sein Rad in der Hand hält.
Anna Magnani

B

Baby

Ein häßliches Baby ist ein widerliches Ding,
und selbst das hübscheste ist schrecklich,
wenn es ausgezogen ist.
QUEEN VICTORIA

Ob man es bequemer findet, Babys, wenn sie
nachts ständig brüllen, aufzunehmen oder sie
schreien zu lassen, hängt von so
unterschiedlichen Dingen ab wie der
nervlichen Verfassung der Mutter, der Dicke
der Wände und den Beschwerden der
Nachbarn.
KATHARINE WHITEHORN

Ein Baby hat keine Manieren, kennt keine
Rücksichtnahme und kein
Verantwortungsgefühl. Es wächst nur – das ist
seine ganze Leistung.
LIBBY PURVES

Politische Gefangene werden durch die alterprobte Technik, sie tage- und nächtelang wach zu halten, gefoltert. Das gibt's auch bei Müttern, nur schlägt der Säugling keinen Gong, sondern schreit bloß.
Katharine Whitehorn

Badeanzug

Der Chic eines Badeanzuges besteht darin, daß er wie ein Sonnenbrand sitzt.
Esther Williams

Beine

Wenn man schöne Beine behalten will, muß man sie von den Blicken der Männer massieren lassen.
Marlene Dietrich

Bekommen

Manche Frau weint, weil sie den Mann ihrer Träume nicht bekommen hat, und manche weint, weil sie ihn bekommen hat.
Annette Kolb

Beruf

Die Männer sind merkwürdige Geschöpfe: Im Beruf wollen sie hoch hinaus, aber bei den Frauen zielen sie auf die Mitte.
Helen Vita

Bett

Wer das Bett bloß aufsucht, weil er müde ist, verdient keines.
Gertraud von Lützau

Bewunderung

Eine kluge Frau lernt beizeiten, ihren Mann
ohne Grund zu bewundern.
JOAN STEWART

Ein Mann fühlt sich erst dann von einer Frau
verstanden, wenn sie ihn bewundert.
KIM NOVAK

Beziehung

Für mich ist die leichteste Beziehung die zu
zehntausend Menschen. Die schwierigste ist
die zu einem Menschen.
JOAN BAEZ

Bibel

Letzte Nacht las ich im Buch Hiob.
Ich habe nicht den Eindruck,
daß Gott da gut wegkommt.
VIRGINIA WOOLF

Bigamie

Bigamie heißt, daß man eine Frau zuviel hat.
Monogamie auch.
GABRIELE WOHMANN

Buch

Ich habe mir mit meiner Autobiographie viel
mehr Mühe gegeben als mit meinen Ehen.
Von einem Buch kann man sich nicht
scheiden lassen.
GLORIA SWANSON

Das ist kein Roman, den man leichtfertig
beiseite legen sollte. Man sollte ihn mit aller
Kraft wegschmeißen.
DOROTHY PARKER

Büstenhalter

Früher brauchte man nur ein Taschentuch
fallen zu lassen, und schon stürzten die
Männer herbei. Heute könnte man einen
Büstenhalter verlieren,
und keiner rührt einen Finger.

HELEN VITA

Busen

Ich erinnere mich noch gut: Als ich meinen
Busen bekam, war es plötzlich ein
Heidenspaß, spazierenzugehen.

SOPHIA LOREN

C

Chaos

Wenn Männer Lärm und Chaos verbreiten,
bilden sie sich ein, den Ton anzugeben.
ANONYM

Chef

Auch Chefsachen erledigen sich nicht durch
Nichtstun.
ANTJE VOLLMER

Ich denke immer, je größer der Schreibtisch,
desto kleiner der Mann.
ANN FORD

Computer

Das Unsympathische an den Computern ist,
daß sie nur ja oder nein sagen können, aber
nicht vielleicht.

BRIGITTE BARDOT

D

Dame

Ich habe Anfälle von Damenhaftigkeit, aber
sie dauern nie sehr lange.
SHELLEY WINTERS

Dekolleté

Dekolleté ist die Kunst, sich so zu erkälten,
daß ein Mann sich dafür erwärmt.
INGRID VAN BERGEN

Dekolleté ist die Kunst, für den richtigen
Mann richtig ausgezogen zu sein.
ELKE SOMMER

Ein Dekolleté ist jener schmale Grat, auf dem
der gute Geschmack balanciert,
ohne herunterzufallen.
COCO CHANEL

Dessous

Ich bin gegen funktionelle Unterwäsche.
Ein Dessous muß nicht praktisch sein,
sondern reizvoll.
CATHÉRINE DENEUVE

Diplomaten

Diplomaten kennen zehn Sprachen, um in
jeder das nicht zu sagen, was sie denken.
ELEONORE VAN DER STRATEN-STERNBERG

Don Juan

Ein Don Juan ist ein Mann, der den Frauen
beim Fallen behilflich ist.
JEANNE MOREAU

Dummheit

Jeder Mensch hat ein Brett vor dem Kopf –
es kommt nur auf die Entfernung an.
MARIE VON EBNER-ESCHENBACH

Wer nichts weiß, muß alles glauben.
MARIE VON EBNER-ESCHENBACH

Alberne Leute sagen Dummheiten, gescheite
Leute machen sie.
MARIE VON EBNER-ESCHENBACH

Durchschnittsmann

Der Durchschnittsmann ist mehr an einer
Frau interessiert, die an ihm interessiert ist, als
an einer Frau – irgendeiner Frau –
mit schönen Beinen.
MARLENE DIETRICH

E

Egoisten

Das Gute an Egoisten ist, daß sie nicht über andere Leute reden.
LUCILLE S. HARPER

Ehe

Die Ehe – die vom Staat sanktionierte Tyrannei.
ALMA MAHLER-WERFEL

Die Ehe ist eine sehr gute Institution, aber ich bin nicht reif für eine Institution.
MAE WEST

Die Ehe funktioniert am besten, wenn beide Partner ein bißchen unverheiratet bleiben.
CLAUDIA CARDINALE

Viele, von denen man glaubt, sie seien
gestorben, sind bloß verheiratet.
FRANÇOISE SAGAN

Die Ehe lehrt uns zwischen Ehemännern und
verheirateten Junggesellen zu unterscheiden.
MAUREEN KELLY

Ein englischer Richter, und kein zynischer
Verfasser von Kriminalgeschichten, bemerkte
in einem berühmten und ungelösten Fall von
Gattenmord, daß man nach einem Motiv gar
nicht zu suchen brauche,
die Ehe selbst sei bereits ein Motiv.
MARY HOTTINGER

Die Ehe ist eine Einrichtung zur Erzeugung
gemeinsamer Gewohnheiten.
TILLA DURIEUX

Eine Vernunftehe schließen, heißt in den
meisten Fällen, alle seine Vernunft
zusammennehmen, um die wahnsinnigste
Handlung zu begehen,
die ein Mensch begehen kann.
MARIE VON EBNER-ESCHENBACH

In biblischen Zeiten konnte ein Mann so viele
Frauen haben, wie er sich leisten konnte.
Genau wie heute.
ABIGAIL VAN BUREN

Die Ehe ist jene sinnvolle Einrichtung, die es
dem Mann erlaubt, ein Bier zu trinken,
während seine Frau den Rasen mäht.
BIBI JOHNS

Viele Ehen sind nur noch die Aufzeichnung
einer Liebe, die live nicht mehr existiert.
MARY WATERS

Die Ehe wäre die schönste Sache der Welt,
wenn es mehr Kür und weniger Pflicht wäre.
JEANNE MOREAU

In der Ehe ist es wichtig, daß man versteht,
harmonisch miteinander zu streiten.
ANITA EKBERG

Manche Ehe gilt nur deshalb als gut, weil beide
Partner ungewöhnlich begabte Schauspieler
sind.
VANESSA REDGRAVE

Zur Ehe gehört schon ein bißchen mehr als
Liebe.
FAYE DUNAWAY

Ehefrau

Die ideale Ehefrau kennt alle Lieblingsspeisen
ihres Mannes – und alle Restaurants,
in denen man sie bekommt.
LAURA ANTONELLI

Die erste Aufgabe einer jungen Ehefrau
besteht darin, die Freunde ihres Mannes in die
Flucht zu kochen.
MICHELINE PRESLE

Ehemann

Ehemänner sind wie Feuer. Sobald sie
unbeobachtet sind, gehen sie aus.
Zsa Zsa Gábor

Ehemänner und ihre Frauen verstehen
einander aufgrund der Tatsache nicht, daß sie
verschiedenen Geschlechtern angehören.
Dorothy Dix

Der ideale Ehemann ist ein unbestätigtes
Gerücht.
Brigitte Bardot

Eine Zeitung hat auch etwas Gutes:
Man sieht den Kopf des Ehemannes
beim Frühstück nicht.
Danielle Michaux

Ich wechsle meine Ehemänner, aber nicht
meine Freunde.
Brigitte Bardot

Als Bräutigam verspricht der Mann der Braut
Glück in der Ehe. Als Ehemann fordert er es
von ihr.
ELEONORE VAN DER STRATEN-STERNBERG

Alle Männer sind auf der Suche nach der
idealen Frau – vor allem nach der Hochzeit.
HELEN ROWLAND

Ehe – Sparflamme der Leidenschaft.
BIRGIT BERG

Einen Mann, den man bis ans Lebensende
behalten will, übernimmt man am besten aus
zweiter Hand. Gebrannte Kinder sind die
besten Ehemänner.
SIMONE BICHERON

Ehrlichkeit

Der einzige Ort, wo ich aufrichtig bin, ist das
ehebrecherische Bett.
ERICA JONG

Eifersucht

Eifersucht ist nur dann ein Vergnügen,
wenn man sie erregt.
GLORIA WYNNE

Einbildung

Einbildung heißt die Bildung
der dummen Leute.
CHARLOTTE SEEMANN

Einbildungskraft ist das, was manchen
Politiker glauben macht, er sei ein
Staatsmann.
ROBERTA TENNES

Einfall

Daß die Frauen das letzte Wort haben, beruht
hauptsächlich darauf, daß den Männern
nichts mehr einfällt.
HANNE WIEDER

Einladung

Man ärgert sich, wenn man nicht zu einer Party eingeladen wird, die man ohnehin nicht besucht hätte. Das Fernbleiben ist dann nur halb so schön.

L̄iselotte Pulver

Eitelkeit

Selbst der bescheidenste Mensch hält mehr von sich, als sein bester Freund von ihm hält.

Marie von Ebner-Eschenbach

Eitelkeit ist der Wunsch, bei dem, was man tut, gesehen zu werden.

Heide Simonis

Eltern

Wenn du von deinem Kind niemals gehaßt worden bist, bist du niemals wirklich Vater oder Mutter gewesen.

Bette Davis

Für Eltern geht es nicht darum, was sie tun sollen, sondern was sie aushalten können.
KATHARINE WHITEHORN

Eltern sein ist die Kunst des Möglichen.
KATHARINE WHITEHORN

Emanzipation

Eine emanzipierte Frau ist eine, die Sex vor der Ehe und danach einen Beruf hat.
GLORIA STEINEM

Die Emanzipation ist erst dann vollendet, wenn auch einmal eine total unfähige Frau in eine verantwortliche Position aufgerückt ist.
AGATA CAPIELLO

Emanzipation ist, wenn ich alles bezahle und wir nicht verheiratet zusammenleben.
EVA HELLER

Entscheidung

Es ist nicht so sehr die Frage, ob man sich für einen Mann entscheiden soll oder nicht – es ist die Frage, was man nun mit all den anderen tun soll.
Patricia Henley

Enttäuschung

Jede enttäuschte Liebe macht ein bißchen immun gegen die nächste.
Ursula Andress

Entwicklung

Einige von uns entwickeln sich zu den Männern, die wir mal heiraten wollten.
Gloria Steinem

Erfahrung

Wir machen keine neuen Erfahrungen, aber
es sind immer neue Menschen, die alte
Erfahrungen machen.
RAHEL VARNHAGEN

Erfolg

Erfolg muß man langsam löffeln,
sonst verschluckt man sich an ihm.
ERIKA PLUHAR

Erinnerung

Wer sich gern erinnert, lebt zweimal.
FRANCA MAGNANI

Eroberung

Die Männer würden Frauen leichter erobern,
wenn sie nicht so stolz darauf wären.
VIRNA LISI

Erwachsener

Erwachsenwerden heißt, alleine zu schlottern.
MIREILLE BEST

Erziehung

Eltern verzeihen ihren Kindern die Fehler am schwersten, die sie ihnen selbst anerzogen haben.
MARIE VON EBNER-ESCHENBACH

Wenn eine Frau mit den Kindern nicht fertig wird, fängt sie an, den Mann zu erziehen.
STELLA BING

Essen

Iß nie mehr als du tragen kannst.
MISS PIGGY

Alles, was Sie hier sehen, verdanke ich Spaghetti.
SOPHIA LOREN

Die Welt gehört denen, die keine festen Essenszeiten haben.
ANNA DE NOAILLES

Eva

Es hätte nicht des Apfels bedurft, Adam zu verführen. Eva allein genügte schon.
MARIANNE LANGEWIESCHE

F

Falten

Ich mag Fältchen. Sie sind meine
Auszeichnung – sie zeigen,
daß ich gelebt habe.
SHIRLEY MacLAINE

Familie

Ich liebe meine Kinder alle, aber einige mag
ich nicht.
LILLIAN CARTER

Fehler

Frauen geben Fehler leichter zu als Männer.
Deshalb sieht es so aus, als machten sie mehr.
GINA LOLLOBRIGIDA

Flirt

Flirt ist das Training mit dem Unrichtigen für den Richtigen.
SENTA BERGER

Der Flirt ist ein Versuch, gleichzeitig Feuer zu fangen und zu löschen.
SENTA BERGER

Der Flirt ist ein Wettlauf, bei dem man gewonnen hat, wenn man eingeholt worden ist.
JEANNE MOREAU

Der Flirt ist ein Überbrückungskredit bis zur nächsten Liebe.
JEANNE MOREAU

Frau

Eine Frau ohne Mann ist wie ein Fisch ohne Fahrrad.
GLORIA STEINEM

An der Seite vieler Männer kann sich eine Frau maximal den Rang eines Möbelstücks erarbeiten.
AMELIE FRIED

Ein Mann kann höchstens vollständig sein, eine Frau aber vollkommen.
ELEONORA DUSE

Die meisten Frauen wählen ihr Nachthemd mit mehr Verstand aus als ihren Ehemann.
LAUREN BACALL

Während junge Männer davon träumen, was sie erreichen und gewinnen wollen, träumen junge Frauen davon, wen sie erreichen und gewinnen wollen.
CHARLOTTE PERKINS GIEMAN

Was wollen Frauen? Schuhe.
MIMI POND

Keine Frau trägt gern ein Kleid, das eine andere abgelegt hat. Mit Männern ist sie nicht so heikel.
FRANÇOISE SAGAN

Wer eine Frau beim Wort nimmt, ist ein Sadist.
JEANNE MOREAU

Das Problem für die Frau liegt darin, den Mann so kleinzukriegen, daß einiges an ihm immer noch groß genug bleibt.
LINDA LION

Der Pullover einer Frau sitzt richtig, wenn die Männer nicht mehr atmen können.
ZSA ZSA GÁBOR

Die Frauen müssen wieder lernen, den Mann auf das neugierig zu machen, was er schon kennt.
COCO CHANEL

Die Männer, auf die die Frauen fliegen, sind nicht dieselben, bei denen sie landen.
SENTA BERGER

Passiert einem Mann auf offener Straße ein Unfall, schaut er zuerst nach seinem Geld – die Frau zuerst in ihren Spiegel.
MARGARET TURNBULL

Eine Frau wird gefährlich, wenn sie hilflos ist.
FELICITAS VON REZNICEK

Frauen mit Vergangenheit interessieren die Männer, weil die Männer hoffen, daß sich Geschichte wiederholt.
MAE WEST

Eine Frau kann jederzeit hundert Männer täuschen, aber nicht eine einzige Frau.
MICHÈLE MORGAN

Sie kocht wie eine Göttin und putzt wie ein Teufel.
CHARLOTTE SEEMANN

Frauen waren jahrhundertelang ein Vergrößerungsspiegel, der es den Männern ermöglichte, sich selbst in doppelter Lebensgröße zu sehen.
VIRGINIA WOOLF

Eine Frau, die so klug ist, den Rat eines Mannes einzuholen, wird bestimmt nicht so dumm sein, ihn auch zu befolgen.
ELSE MAXWELL

Frauen sind nicht dumm. Sie sind bloß
die Dummen.
BIRGIT BERG

Der Charakter einer Frau zeigt sich nicht, wo
die Liebe beginnt, sondern wo sie endet.
ROSA LUXEMBURG

Eine gescheite Frau hat Millionen geborener
Feinde – alle dummen Männer.
MARIE VON EBNER-ESCHENBACH

Eva ist die umgearbeitete, verbesserte und
gekürzte Ausgabe von Adam.
HELEN VITA

Frauen sind immer dann besonders gestraft,
wenn sie einen Mann haben, der selber Kind
bleiben will.
MARGARETHE SCHREINEMAKERS

Ein Mann braucht eine Frau, weil irgendwann
ja doch einmal etwas passiert, für das er die
Politiker nicht verantwortlich machen kann.
ANONYM

Männer sind männlich, Frauen sind göttlich.
ANONYM

Freiheit

Freiheit, das sind nicht nur die eigenen Briefmarken.
HANAN ASHRAWI

Die glücklichsten Sklaven sind die erbittertsten Feinde der Freiheit.
MARIE VON EBNER-ESCHENBACH

Freude

Ist das ein Revolver da in Ihrer Hose oder freuen Sie sich nur, mich zu sehen?
MAE WEST

Freundschaft

Es gibt wenig aufrichtige Freunde – die
Nachfrage ist auch gering.
MARIE VON EBNER-ESCHENBACH

Mit Geld kann man sich viele Freunde kaufen,
aber selten ist einer seinen Preis wert.
JOSEPHINE BAKER

Ich hamstere zwei Dinge leidenschaftlich:
Urkunden und verläßliche Freunde.
MURIEL SPARK

Hin und wieder verlieren junge Mädchen
ihren besten Freund dann,
wenn sie ihn heiraten.
FRANÇOISE SAGAN

Liebe ist ein Tornado, Freundschaft ein
ständig wehender Passat.
COLETTE

G

Geburt

Der besondere Vorteil einer Geburt liegt darin, daß die zukünftige Mutter sich dabei zum letzten Mal abscheulich benehmen, fluchen, alle Regeln mißachten, kreischen, stöhnen und den Ehemann in die Brust boxen kann und daß man ihr alles verzeihen wird.
LIBBY PURVES

Ein Baby zu bekommen ist wie der Versuch, einen Konzertflügel durch ein Oberlicht zu bugsieren.
ALICE ROOSEVELT LONGWORTH

Geburtsurkunde

Die Geburtsurkunde ist ein Gerücht, das eine Frau durch ihr Aussehen jederzeit dementieren kann.
Marlene Dietrich

Geduld

Die Männer haben keine Geduld. Deswegen haben sie ja auch den Reißverschluß erfunden.
Senta Berger

Gefühl

Wer die Zurschaustellung von Gefühlen einklagt, will betrogen werden.
Cora Stephan

Geiz

Geizige Männer schenken einen Lippenstift,
weil sie ihn sich nach und nach zurückholen
können.
ZSA ZSA GÁBOR

Geld

Geld ist immer vorhanden,
aber die Taschen wechseln.
GERTRUDE STEIN

Viele Männer suchen eine Frau mit Geld.
Aber die meisten suchen Geld mit Frau.
JEANNE MOREAU

Es ist meistens leichter, mit einem Mann
auszukommen als mit seinem Geld.
INGRID VAN BERGEN

Geld aus Hollywood ist kein Geld. Es ist ein
gefrorener Schneeball, der in deiner Hand
wegschmilzt – und dann stehst du da.
DOROTHY PARKER

Geliebter

Ein Geliebter ist ein Mann, den man nicht
heiratet, weil man ihn gern hat.
Vanessa Redgrave

Genie

Das Genie hat kein Geschlecht.
Madame de Staël

Gentleman

Ein Gentleman ist genau das, was das Wort
besagt: ein Mann, der vornehm, milde und
ruhig ist, der gute Manieren hat, dem man
vertrauen kann; ein Mann, der einen nie
enttäuschen wird.
Marlene Dietrich

Heutzutage gilt ein Mann schon als
Gentleman, wenn er die Zigarette aus dem
Mund nimmt, bevor er eine Frau küßt.
Barbra Streisand

Ein Gentleman ist ein Mann, in dessen
Gesellschaft die Frauen zu blühen beginnen.
JEANNE MOREAU

Gerücht

Was geflüstert wird, wird am leichtesten
geglaubt.
SIMONE DE BEAUVOIR

Geschlecht

Gibt es etwas Dümmeres als das Protzen mit
seinem Geschlecht? Kann sich ein
geistreicher Mann auf eine Eigenschaft etwas
einbilden, die er mit unzähligen Nullen
gemein hat?
ISOLDE KURZ

Die Männer halten sich für das starke
Geschlecht, weil die Frauen aus ästhetischen
Gründen darauf verzichtet haben, Muskeln zu
entwickeln.
FRANÇOISE SAGAN

Männer, die einer Frau zeigen, daß sie sich als
das schwache Geschlecht fühlen,
sind gefährlich.
FELICITAS VON REZNICEK

Geschmack

Es gibt Frauen, die wohl bemerken, was eine
andere kleidet, aber bei sich selbst verläßt sie
der gute Geschmack.
ELIZABETH SCHULER

Gewicht

Nichts macht eine Frau dicker als ein Mann.
ZSA ZSA GÁBOR

Gewissen

Ein schlechtes Gewissen ist die Mutter vieler
guter Erfindungen.
CAROLYN WELLS

Wenn das Gewissen ein Rotlicht ist, dann
bemühen sich die meisten, noch schnell bei
Gelb über die Kreuzung zu kommen.
SENTA BERGER

Gleichberechtigung

Die Gleichberechtigung der Geschlechter
wird erst dann erreicht sein, wenn
mittelmäßige Frauen hohe Ämter bekleiden.
FRANÇOISE GIROUD

Glück

Das Glück kommt lautlos,
aber man hört, wenn es geht.
ANNEMARIE SELINKO

Man darf nicht mehr Glück verbrauchen,
als man erzeugt.
GLENN CLOSE

Gott

Als Gott den Mann schuf, übte sie nur.
ANONYM

Ohne Frauen geht es nicht, das hat sogar Gott
einsehen müssen.
ELEONORA DUSE

G-Punkt

Männer glauben an den G-Punkt.
ANONYM

Grüne Witwen

Grüne Witwen sind Hinterbliebene von
Männern, die noch leben.
SENTA BERGER

H

Haß

Ich habe niemals einen Mann so sehr gehaßt,
daß ich ihm seine Diamanten
zurückgegeben hätte.
ZSA ZSA GÁBOR

Haus

Ich bin eine wunderbare Haushälterin.
Jedesmal, wenn ich einen Mann verlasse,
behalte ich sein Haus.
ZSA ZSA GÁBOR

Ein Mann ist im Haus *so* im Wege!
ELIZABETH GASKELL

Der Haß auf die Hausarbeit ist eine natürliche
und bewundernswerte Folge der Zivilisierung.
REBECCA WEST

Geld ist dazu da, um ausgegeben zu werden.
Strömende Wasser bleiben frisch.
FRANÇOISE SAGAN

Heirat

Mir war so kalt, daß ich fast geheiratet hätte.
SHELLEY WINTERS

Wenn ein Mann eine Frau heiratet, ist es das
schönste Kompliment, das er ihr macht,
aber meistens auch sein letztes.
HELEN ROWLAND

Wenn du dir anschaust, was einige Mädchen
heiraten, dann wird dir klar, wie sehr sie es
hassen, ihren Lebensunterhalt zu verdienen.
HELEN ROWLAND

Eine Frau heiratet das erste Mal aus Liebe, das
zweite Mal aus Geselligkeit, das dritte Mal aus
Berechnung und von da ab aus Gewohnheit.
HELEN ROWLAND

Ich habe unter meiner Stellung geheiratet.
Alle Frauen tun das.
NANCY LADY ASTOR

Das Problem bei einigen Frauen ist, daß sie wegen Nichts in Aufregung geraten – und ihn dann sofort heiraten.
CHER

Wenn ein Mädchen heiratet, tauscht es die Aufmerksamkeit vieler Männer gegen die Unaufmerksamkeit eines einzigen ein.
HELEN ROWLAND

Er gehört zu der Sorte von Männern, die eine Frau heiraten muß, um sie loszuwerden.
MAE WEST

Vor der Hochzeit sprechen die Männer hauptsächlich von ihrem Herzen, später von der Leber und ganz zuletzt von der Galle.
HELEN VITA

Alle Männer sind auf der Suche nach der idealen Frau – vor allem nach der Hochzeit.
HELEN ROWLAND

Herzensbrecher

In der Liebe sind auch die größten
Herzensbrecher nur Lehrlinge
mit Vergangenheit.
Zsa Zsa Gábor

Herzkrankheiten

Die gefährlichsten Herzkrankheiten sind
immer noch Neid, Haß, Geiz.
Pearl S. Buck

Höflichkeit

Höflichkeit bedeutet meistens, daß man den
Leuten nicht sagt, was man denkt.
Katharine Hepburn

I & J

Illusionen

Illusionen platzen immer, Träume
werden immer wahr.
Yoko Ono

Immer

Besser immer einen als einen immer.
Magda Gabor

Italiener

Der Italiener ist ein Gran Turismo des Flirts,
aber ein Serienwagen der Leidenschaft.
Maud Baynham

Für den Italiener ist Liebe kein Longdrink,
sondern ein Espresso.
JUDITH COSGRAVE

Journalisten

Journalisten müssen die Wachhunde des
Bürgers, nicht die Schoßhunde der
Mächtigen sein.
LILLI GRUBER

Jungfrau

Ich wette mit Ihnen, daß es in zehn Jahren
wieder modern sein wird, Jungfrau zu sein.
BARBARA CARTLAND

Eine alte Jungfer zu sein ist wie Ertrinken –
eine wunderbare Erfahrung, wenn man nicht
mehr dagegen ankämpft.
EDNA FERBER

Jungen

Jungen sind wie Milch – wenn man sie stehen
läßt, sind sie sauer.
Madonna

Junggeselle

Junggesellen sind Männer, die wissen, wie
klein die Chance ist, daß man in einer Auster
eine Perle findet.
Ava Gardner

Junggesellen sind Männer, die sich nicht auf
eine einzige Frau versteifen.
Helen Vita

K

Karate

Wenn du Karate kannst, ist es egal, ob du Höschen trägst oder nicht.
GERMAINE GREER

Kavalier

Die Männer sind Kavaliere. Zwar drängeln sie rücksichtslos am Bus, aber wenn eine Frau hinfällt, treten sie wenigstens nicht auf sie.
OLIVIA PORTER

Kinder

Kinder sollten wissen, daß Mami und Papi es nicht nur tun, um ein Kind in die Welt zu setzen.
KATHARINE WHITEHORN

Kleine Kinder sind ein enormes Managementproblem, aus dem sich allmählich eine Beziehung entwickelt.
LIBBY PURVES

Man soll die Kinder nicht in den Kleidern ihrer Vorfahren auf die Reise in die Zukunft schicken und auch nicht in deren Nervenkostümen.
ANTJE VOLLMER

Kindergeburtstag

Der Hauptzweck einer Kindergesellschaft besteht darin, daran erinnert zu werden, daß es Kinder gibt, die noch schlimmer sind als die eigenen.
KATHARINE WHITEHORN

Kino

Ich würde nicht unbedingt sagen, wenn man einen Western gesehen hat, hat man praktisch alle gesehen; aber wenn man praktisch alle gesehen hat, hat man das Gefühl, bloß einen gesehen zu haben.
KATHARINE WHITEHORN

Klatsch

Frauen lieben es gar nicht, Klatsch weiterzuerzählen. Sie wissen nur nicht, was sie sonst damit tun sollen.
ROMY SCHNEIDER

Kleid

Frauen, die schon im Kleid alles zeigen, haben nichts mehr, worauf sie den Mann neugierig machen können.
RAQUEL WELCH

Klugheit

Manche kluge Frau ist nur deshalb allein, weil sie es nicht verstanden hat, ihre Klugheit zu verbergen.
Daphne du Maurier

Knabe

Der Unterschied zwischen einem Knaben und einem Mann ist gar nicht so groß – er besteht meist nur in der Preisdifferenz ihrer Spielsachen.
Cynthia Warren

Kommunist

Kommunisten sind Leute, die sich einbilden, sie hätten eine unglückliche Kindheit gehabt.
Gertrude Stein

Kompliment

Wer einer Frau unvergeßlich bleiben will,
braucht ihr bloß ein hübsches Kompliment
zu machen.
VIRNA LISI

Kosmetik

Die Frauen machen sich nur deshalb so
hübsch, weil das Auge des Mannes besser
entwickelt ist als sein Verstand.
ZSA ZSA GÁBOR

Es gibt keine häßlichen Frauen, es gibt nur
gleichgültige.
HELENA RUBINSTEIN

Kosmetik ist die Kunst, die Geburtsurkunde
zu dementieren.
OLGA TSCHECHOWA

Eine Kosmetikerin ist ihr eigenes
Schaufenster.
OLGA TSCHECHOWA

Kultur

Kultur ist das, was der Metzger hätte, wenn er Chirurg wäre.
MARY PETTIBONE POOLE

Kunst

Kunst ist kein Abbild der realen Welt. Eine ist, bei Gott, mehr als genug.
VIRGINIA WOOLF

Ich bin nicht sicher, ob ein schlechter Mensch ein gutes Buch schreiben kann. Wenn die Kunst uns nicht besser macht, wofür sollte sie dann gut sein?
ALICE WALKER

Künstler

Künstler haben gewöhnlich die Meinung von uns, die wir von ihren Werken haben.
MARIE VON EBNER-ESCHENBACH

Der Künstler ist ein King, auch wenn er manchmal in seinem Weltschmerz ein armes Schwein ist.
DORIS DÖRRIE

Kuß

Der Kuß der Menschen ist so verschieden wie ihre Handschrift.
SHEILA SCOTT

Ein Kuß ist der Versuch, unter möglichst intensiver Benützung der Lippen gemeinsam zu schweigen.
SENTA BERGER

Der Mann stiehlt den ersten Kuß, bittet um den zweiten, verlangt den dritten, nimmt sich den vierten, akzeptiert den fünften und duldet alle folgenden.
HELEN ROWLAND

L

Lady

Die Parole »Ladies first« haben die Männer wahrscheinlich beim Treppensteigen erfunden.
JANE FONDA

Leben

Ich will mehr vom Leben: mehr Erfahrungen, mehr Freunde, mehr Falten.
RITA MAE BROWN

Unser Motto: Das Leben ist zu kurz, um Champignons zu füllen.
SHIRLEY CONRAN

Lebensgeschichte

Ich war der Meinung, ich sei ein interessanter Mensch. Aber glauben Sie mir, es ist überaus erhellend, zu erkennen, daß die eigene Lebensgeschichte nicht mehr als 35 Seiten ausfüllt.
ROSEANNE ARNOLD

Lebenskunst

Lebenskunst ist die Kunst des richtigen Weglassens. Das fängt beim Reden an und endet beim Dekolleté.
COCO CHANEL

Leidenschaft

Kein Toter ist so gut begraben wie eine erloschene Leidenschaft.
MARIE VON EBNER-ESCHENBACH

Eine erloschene Leidenschaft ist kälter als Eis.
ZSA ZSA GÁBOR

Lesen

Manche behaupten, Leben wäre die Sache,
aber ich ziehe Lesen vor.
RUTH RENDELL

Liebe

Ein Mann, der liebt, vergißt sich selbst. Eine
Frau, die liebt, vergißt die anderen Frauen.
DAPHNE DU MAURIER

Liebe heißt, auch den Kummer zu teilen, den
man noch nicht hat.
LISELOTTE PULVER

Liebe ist, lieber mit ihm als ohne ihn
unglücklich zu sein.
KIM GROVE

Die erste Liebe ist ein Versprechen, das
andere halten werden.
SENTA BERGER

In der Liebe fühlt sich der Mann als Bogen,
er ist aber nur der Pfeil.
JEANNE MOREAU

Liebe – eine der größten Banalitäten
des Lebens.
COLETTE

Die Liebe verändert die Menschen. Männer
werden verrückt, Frauen werden normal.
FELICITAS VON REZNICEK

Frisch erhält sich nur eine Liebe, der ein
bißchen Kühle beigemischt ist.
MICHÈLE MORGAN

Liebe ist jener seltsame Zustand, den alle
belächeln, bevor sie von ihm befallen werden.
VIRNA LISI

Lieben heißt – keine Wahl zu haben.
LIV ULLMANN

Liebe auf den ersten Blick ist die
Entschuldigung der Männer dafür,
daß sie es eilig haben.

ELKE SOMMER

Wenn die Liebe mit dir fertig ist, bleibt noch
reichlich Leben übrig.

COLETTE

Es gibt Frauen, die ihre Männer mit einer
ebenso blinden, schwärmerischen und
rätselhaften Liebe lieben wie Nonnen
ihr Kloster.

MARIE VON EBNER-ESCHENBACH

Liebe ist, wenn deine Neurosen zu den
Neurosen deines Partners passen.

AMELIE FRIED

In der Liebe verbindet der moderne Mann die
Gefühlswärme eines Computers mit der
Behutsamkeit eines Jumbo-Jet.

ANNA MAGNANI

An Rheumatismen und an wahre Liebe glaubt
man erst, wenn man davon befallen ist.
MARIE VON EBNER-ESCHENBACH

Liebe ist, zusammen unter einer Decke
zu stecken.
KIM GROVE

Liebe ist etwas Komisches: ein Mann beißt ein
Mädchen in den Nacken, weil es
schöne Beine hat.
LILLI PALMER

Ich habe eine merkwürdige Entdeckung
gemacht: Männer, die in
Selbstbedienungsgaststätten essen, machen
auch in der Liebe nicht viele Umwege.
HELEN HUNTER

In der Liebe sind die Vorspeisen die
eigentlichen Leckerbissen.
FRANÇOISE PERTURIER

Mit der Liebe ist es wie mit einer Detektivgeschichte: Du siehst dir das Ende an und verlierst das Interesse.
Dagmar Hilarova

Wenn Liebe die Antwort ist, könnten Sie dann bitte die Frage nochmal formulieren?
Lily Tomlin

In Liebesdingen kann jede Frau schneller hören als der Mann zu sprechen vermag.
Helen Rowland

In der Liebe sind alle Männer fortgeschrittene Anfänger.
Madame de Pontigny

Liebhaber

Kratz an 'nem Liebhaber und du findest einen Feind.
Dorothy Parker

Liebschaft

Viele kleine Liebschaften sind fortschreitende
Immunisierung gegen die große Liebe.
JEANNE MOREAU

Logik

Was Logik ist, liegt in der Betrachtung
desjenigen, der sie vertritt.
GLORIA STEINEM

Luxus

Luxus ist das, was man haben muß, wenn
man alles andere schon gehabt hat.
DINAH BLAKE

M

Mädchen

Gute Mädchen kommen in den Himmel,
böse überall hin.
UTE ERHARDT

Es gibt zweierlei Mädchen: die einen, die
Pullover stricken, und die anderen,
die sie ausfüllen.
DALIAH LAVI

Junge Mädchen, das sind jene Geschöpfe, die
oft ihren besten Freund verlieren,
weil sie ihn heiraten.
FRANÇOISE SAGAN

Einen Haufen kleiner Mädchen am Nachmittag bei der eigenen Tochter zu Besuch zu haben, ist ungefähr so wie die Atmosphäre in der Garderobe bei der Miss-World-Wahl.
LIBBY PURVES

Wenn ein junges Mädchen Besuch von einem jungen Mann bekommt, dann stört die Mutter des Mädchens nicht der Lärm, sondern die Stille.
VIVIAN COX

Make-up

Ein gutes Make-up ist ein Flirt zwischen Chemie und Malerei.
ESTHER MITCHELL

Make-up ist die Kunst, sich selber zu plakatieren.
OLGA TSCHECHOWA

Mann

Für den Mann ist jede Frau ein Rätsel, dessen Lösung er bei der nächsten sucht.
JEANNE MOREAU

Was ist denn der Mann noch? Ein Accessoire der Frauenmode.
PATRICIA WOOD

Es ist nicht so sehr die Frage, ob man sich für einen Mann entscheiden soll oder nicht – es ist die Frage, was man nun mit all den anderen tun soll.
PATRICIA HENLEY

Tief in seinem Inneren weiß jeder Mann, daß er ein wertloser Misthaufen ist. Er ist geil wie ein Vieh und schämt sich deswegen zutiefst.
VALERIE SOLANAS

Männer nehmen die Welt nicht wahr, weil sie selber glauben, sie seien die Welt.
VIRGINIA WOOLF

Komisch – jeder Mann möchte bei einer Frau
der erste sein, aber keiner der letzte.
ZSA ZSA GÁBOR

Männer sind mit ihrem Beruf verheiratet, aber
eine Frau sollte wenigstens erreichen können,
daß der Mann seinen Beruf mit ihr betrügt.
DIANE PINKWOOD

Alle Männer haben nur zwei Dinge im Sinn.
Geld und das andere.
JEANNE MOREAU

Die Männer sind zweifellos dümmer als die
Frauen. Oder hat man jemals gehört, daß eine
Frau einen Mann nur wegen seiner hübschen
Beine geheiratet hat?
MICHELINE PRESLE

Für mich zählen nicht die Männer in meinem
Leben, sondern das Leben
in meinen Männern.
MAE WEST

Männer sind wie Schnee, kaum hat man sie aufgetaut, schmelzen sie und sind nicht mehr zu gebrauchen.
MARIA SCHELL

Männer haben einen sehr sicheren Geschmack – sie wünschen sich immer eine andere Frau, als sie gerade haben.
BARBRA STREISAND

Auch ich hatte Teflon-Zeiten, da blieb kein Mann an mir kleben.
DIANNE BRILL

Der Mann ist ein notwendiges Übel, wobei die Betonung mehr auf Übel als auf notwendig liegt.
YVETTE COLLINS

Männer sind wie Taschenlampen. Sie blenden, ohne viel Licht zu verbreiten.
LORE LORENTZ

Männer sind zu allem fähig, aber zu nichts zu gebrauchen.
IRMGARD KEUN

Männer sind die geborenen Sucher;
am liebsten suchen sie das Weite.
URSULA HERKING

Die richtigen Männer sind entweder schon
verheiratet oder sie arbeiten zuviel.
JULIETTE GRÉCO

Männer sind wie Autoreifen: immer
aufgeblasen, ohne Profil und immer bereit,
einen zu überfahren.
KARIN STRUCK

Der Mann ist ein Mensch, der arbeitet.
ESTHER VILAR

Männer sind wie Rosen: Unter den Händen
einer Frau blühen sie auf, aber schließlich
verduften sie.
HELEN VITA

Die Männer sind sexuelle Chauvinisten, die
uns ins Wochenbett zwingen.
MAUD CONNOLLY

Ich mag Männer, die sich wie Männer
benehmen – stark und kindisch.
FRANÇOISE SAGAN

Drei Dinge braucht der Mann: Blendendes
Aussehen, Brutalität und Beschränktheit.
DOROTHY PARKER

Männer haben Angst, schwul zu werden,
wenn sie sich die Haare fönen.
ANONYM

Ich mag nur zwei Arten von Männern:
einheimische und fremde.
MAE WEST

Ein Archäologe ist der beste Mann, den eine
Frau haben kann; je älter sie wird, um so mehr
interessiert er sich für sie.
AGATHA CHRISTIE

Männer sind zwar oft so jung, wie sie sich
fühlen, aber niemals so bedeutend.
SIMONE DE BEAUVOIR

Der ideale Mann ist wie das legendäre Einhorn: alle reden davon, aber niemand hat ihn gesehen.
GERTI SENGER

Vergessen wir mal die zwei Meter und sprechen über die zwanzig Zentimeter.
MAE WEST

Mancher Mann verdankt seinen Erfolg einer Frau, die ihm ständig zur Seite gestanden ist. Noch mehr Männer verdanken ihn aber einer Frau, die sie ständig in die Seite getreten hat.
HARRIET BOWLS

Männer sind Wesen mit zwei Beinen und acht Händen.
JAYNE MANSFIELD

Viele erfolgreiche Männer haben keinerlei sichtbare Qualifikationen außer der, keine Frau zu sein.
VIRGINIA WOOLF

Alle Männer sind gleich – bis auf den, den man gerade kennengelernt hat.
MAE WEST

Männer erkennt man daran, wie sie einen ansehen, wenn man sie nicht ansieht.
JOHANNA VON KOCZIAN

Ein Mann? Das ist doch nur ein paar Zentimeter Fleisch mehr!
KATE MILLET

Männer sind wie Luft, zwar versaut, aber unentbehrlich.
MICHELLE PFEIFFER

Männer haben nie Schnupfen, sondern eine Virusgrippe, nie Kopfschmerzen, sondern einen Gehirntumor.
ANONYM

Nur im Scherz kann man einem Mann klarmachen, daß er es ernst meint.
ERIKA PLUHAR

Ein Mann ändert eher das Antlitz der Erde als seine Angewohnheiten.
ELEONORA DUSE

Männer-Mode

Es ist nicht ungefährlich, die Männer modebewußt zu machen, denn dann fehlt das Geld für die Frauen.
CATHÉRINE DENEUVE

Männlichkeit

Niemand ist den Frauen gegenüber aggressiver oder herablassender als ein Mann, der seiner Männlichkeit nicht ganz sicher ist.
SIMONE DE BEAUVOIR

Männlichkeit heißt doch: Sie putzen die Rallyestreifen vom Kadett, aber nie die Brille vom Klosett!
LISA FITZ

Mannequin

Unter einem Mannequin verstehen viele
Leute ein anständiges Mädchen, das
unanständige Kleider trägt.
HELLA BROCK

Menü

Frage: Was hält ein Mann für ein
siebengängiges Menü?
Antwort: Ein Hot-Dog und ein Six-Pack Bier.
ANONYM

Midlife-Crisis

Ein Mann in der Midlife-crisis gleicht einem
Kind, das zu Ostern noch
Weihnachtsgeschenke erwartet.
HEDDA HOPPER

Minderwertigkeit

Niemand kann dich ohne dein Einverständnis
dazu bringen, dich minderwertig zu fühlen.
ELEANOR ROOSEVELT

Mißstimmung

Manche Mißstimmung von Frauen, der auch
beste Psychiater nicht beizukommen
vermögen, kann schon ein mittelmäßiger
Friseur beseitigen.
MARY McCARTHY

Mitleid

Mitleid ist das tödlichste Gefühl, das man einer
Frau anbieten kann.
VICKY BAUM

Mode

Design kennt nur eine Richtung
– die ungewohnte.
DONNA KARAN

Mode ist Ansteckung mit etwas Neuem.
JULIA ROBERTS

Die Mode ist ein Muß, das wie ein Soll
aussieht.
JIL SANDER

Die Mode ist eine angenehme
Vergewaltigung.
MARIA PERSCHY

Die Mode ist eine Vergnügungssteuer, die
mindestens zweimal jährlich fällig wird.
FRANÇOISE SAGAN

Die Mode erlaubt den Frauen, immer
dieselben und niemals die gleichen zu sein.
SENTA BERGER

Die Mode ist ein Diktat, das wie eine
Empfehlung aussieht.
Senta Berger

Mode ist käufliche Schönheit für sechs
Monate.
Catherine Spaak

Monogamie

Wir Frauen verlieben uns immer in den
gleichen Typ von Mann. Das ist unsere Form
der Monogamie.
Lauren Bacall

Moral

Die Moral, die gut genug war für unsere Väter,
ist nicht gut genug für unsere Kinder.
Marie von Ebner-Eschenbach

Moral ist, wenn man so lebt, daß es gar keinen
Spaß macht, so zu leben.
Edith Piaf

Mutter

Es ist ganz und gar unnatürlich für eine
Mutter, mit ihren Kindern allein
fertigzuwerden.
KATHARINE WHITEHORN

Der Übergang vom gesunden Egoismus einer
normalen erwachsenen Person zum Status
eines mütterlichen Engels kann
schmerzlich sein.
LIBBY PURVES

Frauen, die nicht rechnen können,
nennt man Mütter.
ABIGAIL VAN BUREN

Mütter vergessen gerne, daß die Nabelschnur
schon mit der Geburt getrennt wird.
VERA CASPAR

Mutterschaft

Mutterschaft ist eher eine Arbeitsplatzbeschreibung als eine Sache des Geschlechts.
LIBBY PURVES

Muttertag

Nichts ist so verlogen wie der Muttertag. Die Blumen halten noch länger als die Väter ihre Versprechen.
FEMINISTISCHE PARTEI »DIE FRAUEN«

N

Nachhilfe

Nachhilfeunterricht für erotisch Unbegabte ist so sinnvoll wie ein Flugblatt für Analphabeten.
MARY WENDELL

Nein

Ich kann in zwölf Sprachen Nein sagen
– das genügt für eine Frau.
SOPHIA LOREN

Nervensägen

Über das Kommen mancher Leute tröstet uns nichts als - die Hoffnung auf ihr Gehen.
MARIE VON EBNER-ESCHENBACH

O

Offenheit

Unter Offenheit verstehen die Männer die
Kunst, nur so viel zu gestehen,
wie die Frau bereits weiß.

TATJANA SAIS

Optik

Für Männer gelten die Gesetze der Optik
nicht: Wenn man sie unter die Lupe nimmt,
werden sie plötzlich ganz klein.

GRETHE WEISER

Optimismus

Eine Optimistin ist eine Frau, die
Fettpölsterchen für Kurven hält.

FRANÇOISE HARDY

P

Parlament

Nun, wir wollen nicht klagen. Dafür, daß es noch 1918 geheißen hat: »Frauen, Kinder und Schwachsinnige haben keinen Zutritt zum Parlament«, sind wir ganz schön weit. Inzwischen haben immerhin schon Schwachsinnige Zutritt.

LISA FITZ

Partnerschaft

In einer Partnerschaft muß jede Frau einige Dinge lernen, die sie schon kann.

ELKE SOMMER

Party

Eine Party ist eine Zusammenkunft, bei der
am Ende die Gäste aufgeräumter sind
als die Wohnung.
Senta Berger

Niemand trägt auf einer Party so viel zur
Unterhaltung bei wie die, die gar nicht da sind.
Audrey Hepburn

Meistens steht man erst, wenn man gegangen
ist, im Mittelpunkt einer Party.
Zsa Zsa Gábor

Penis

Nach dem Ficken ist er nutzloser als eine
Kunststofftapete in einer Hundehütte.
Erika Jenninger

Der Schöpfer blickt auf Adam und spricht:
»Ich habe eine gute und eine schlechte
Nachricht für dich, mein Sohn. Die gute ist,
daß ich dir ein Hirn und einen Penis
gegeben habe.«
»Und die schlechte?« fragt Adam.
»Du wirst immer nur eines von beiden
gleichzeitig benutzen können.«
ANONYM

Phantasie

Die Phantasie des Mannes ist die beste Waffe
der Frau.
SOPHIA LOREN

Die Phantasie der Männer reicht bei weitem
nicht aus, um die Realität Frau zu begreifen.
ANNA MAGNANI

Philosophie

Meine Lebensphilosophie ist:
Einatmen – Ausatmen.
DORIS DÖRRIE

Playboy

Ein Playboy ist einer, der mit den Frauen nur
spielen möchte und der niemals
erwachsen wird.
LIV ULLMANN

Ein Playboy ist ein junger Mann, der keinen
Roman, sondern immer nur
Kurzgeschichten erlebt.
ERIKA PLUHAR

Politiker

Mir ist gleichgültig, wieviel meine Minister
reden – so lange sie tun, was ich sage.
MARGARET THATCHER

Privatleben

Nicht die historischen Ereignisse sind es, die
unser Leben lebenswert machen,
sondern die privaten.
MICHÈLE MORGAN

Prominenz

Prominent ist man, wenn man erst aus den
Klatschspalten erfährt, was man in nächster
Zeit vorhat.
ANNA MOFFO

Ein Prominenter ist ein Mann, der es sich
nicht leisten kann, sich nichts zu leisten.
LISELOTTE PULVER

R

Reaktionär

In seinen persönlichen Lebensumständen ist der Mann der geborene Reaktionär, den jede Veränderung erschreckt, sogar eine neue Zahnbürste.
MIRANDA CORTI

Recht

Die Männer haben oft recht, aber die Frauen behalten recht – das ist viel wichtiger.
JEANNE MOREAU

Rendezvous

Eine Frau, die pünktlich zum Rendezvous kommt, ist auch sonst nicht sehr zuverlässig.
JULIETTE GRÉCO

Reichtum

Die Reichen haben eine ebenso lebhafte wie unbegreifliche Leidenschaft für Sonderangebote.
FRANÇOISE SAGAN

Reue

Reue ist eine nachträglich entrichtete Vergnügungssteuer.
SENTA BERGER

Rivalin

Eine Frau ist verloren, wenn sie Angst vor ihrer Rivalin hat.
MADAME DUBARRY

S

Schauspieler

Sie beherrschen die ganze Skala der Gefühle.
Von A bis B.
DOROTHY PARKER

Shakespeare ist für Schauspieler wirklich anstrengend. Man erhält nie die Gelegenheit, sich zu setzen – es sei denn, man ist der König.
JOSEPHINE HALL

In Hollywood werden Filme gemacht, die länger dauern als manche Schauspielerehe.
BARBRA STREISAND

Scheidung

Eine Heirat geht ja furchtbar schnell, aber die Scheidung ist immer so zeitraubend.
BRIGITTE BARDOT

Schicksal

Das Schicksal kommt in Schuhgröße 41 bis
45 und tritt alles platt.
Maria Schell

Schlußverkauf

Ein Schlußverkauf ist ein Damenringkampf,
bei dem man sein Kleid ruiniert, um ein
anderes zu erringen.
Laura Mindt

Schönheit

Die Schönheit brauchen wir Frauen, damit die
Männer uns lieben, die Dummheit, damit wir
die Männer lieben.
Coco Chanel

Gesichter können lügen, Hintern nicht.
Yoko Ono

Schreiben

Die beste Gelegenheit, ein neues Buch zu konzipieren, ist beim Abwasch.
AGATHA CHRISTIE

Schriftsteller

Schriftsteller sollten gelesen werden, aber man sollte sie weder sehen noch hören.
DAPHNE DU MAURIER

Schwangerschaft

Die Schwangerschaft ist die lausige Vorbereitung auf die Mutterschaft.
LIBBY PURVES

Wenn Männer schwanger werden könnten, wäre die Abtreibung ein Sakrament.
FLORYNCE KENNEDY

Schwanz

Kein Schwanz ist so hart wie das Leben.
LUISA FRANCIA

Selbstgespräch

Ich rede mit mir selber, weil ich lieber mit besseren Menschen zusammenbin.
JACKIE MASON

Sex

Was ist Sex doch für eine primitive Angelegenheit. Wenn eine Frau nur auf Sex zielt, braucht sie sich nur einen Sack überzustülpen und drei Löcher hineinzuschneiden; man weiß schon wo.
COCO CHANEL

Sex ist die Kunst, Erwartungen zu wecken, die gar nicht geschlafen haben.
SENTA BERGER

Ich weiß leider gar nichts über Sex, weil ich
immer verheiratet war.
ZSA ZSA GÁBOR

Wenn Sex die natürlichste Sache der Welt ist,
warum gibt es dann so viele
Ratgeber darüber?
BETTE MIDLER

Sex ist per definitionem etwas, das man mit
jemand anderem als dem Ehemann hat.
ERICA JONG

Sex in der Ehe ist wie Kaffeetrinken – ohne
schläft man nur schneller ein.
LINDA DE MOL

Sex in längerer Verbindung ist die Kunst,
Reprisen immer wieder wie Premieren
erscheinen zu lassen.
JEANNE MOREAU

Das waren noch Zeiten, als die Luft rein war
und der Sex schmutzig.
CONNY KÖNIG

Sex ist nicht eine Sache der Kurven, sondern
der Ausstrahlung. Männer wittern den
Sex-Appeal auch dann, wenn er in einen Sack
eingenäht ist.
ELGA ANDERSEN

Der Liebesakt ist für den Mann nicht mehr als
Masturbation in der Vagina der Frau.
GERMAINE GREER

Sex ohne Eros ist ein Kontakt zweier
Hautbesitzer.
MARGUERITE DURAS

Wenn Männer aufs Ganze gehen, meinen sie
meistens die untere Hälfte.
HELEN VITA

Sex-Appeal

Der Sex-Appeal des Mannes besteht aus
Macht, Geld und einem herben Parfüm – in
dieser Reihenfolge.
VIVIEN MELLISH

Sex-Appeal ist zu fünfzig Prozent das, was
eine Frau hat, und zu fünfzig Prozent das,
wovon die Leute glauben, daß sie es hat.
Sophia Loren

Sex-Appeal ist das, was Männer nur mit den
Händen beschreiben können.
Uschi Glas

Sex-Appeal ist die Kunst, einem Mann das
Feuer zu geben, das er schon hat.
Christine Schuberth

Star

Wenn man im Mittelpunkt eines Festes stehen
will, darf man nicht hingehen.
Sharon Stone

Steuern

Regierungen nehmen Steuern wie Imker den
Honig und teilen ihren Völkern
Zuckerwasser zu.
Margret Genth

Streiten

Es hat keinen Sinn, mit Männern zu streiten;
sie haben ja doch immer unrecht.
Zsa Zsa Gábor

Striptease

Striptease ist die einzige Branche, in der man
mit Antiquitäten nicht die geringste
Chance hat.
Helga Anders

Sympathie

Ich verlange von Leuten nicht, daß sie mir
angenehm sind, weil es mich vor dem
Problem bewahrt, sie zu mögen.
JANE AUSTEN

T

Tagebuch

Ich sage immer: Führ ein Tagebuch und eines
Tages wird es dich führen.
Mae West

Teenager

Die Halbwüchsigen von heute, heißt es,
wissen alles über Sex, das Geld hingegen
kommt ihrer Meinung nach vom lieben Gott.
So ändern sich die Tabus.
Katharine Whitehorn

Tod

Wir trafen Dr. Hall in einem Zustand solch
tiefer Trauer an, daß entweder seine Mutter,
seine Frau oder er selbst tot sein mußte.
JANE AUSTEN

Tod, Steuern und Geburt – nichts davon
kommt je zum richtigen Zeitpunkt.
MARGARET MITCHELL

Treue

Fast jede Frau wäre gerne treu. Schwierig ist
es bloß, einen Mann zu finden, dem man treu
sein kann.
MARLENE DIETRICH

Trinken

Einer der Gründe, warum ich nicht trinke, ist,
daß ich dabeisein möchte,
wenn ich mich amüsiere.
NANCY LADY ASTOR

Tugend

Die weibliche Tugend ist die größte Erfindung
der Männer.
CORNELIA OTIS SKINNER

Die Tugend wäre eine ziemlich einfache
Sache, wenn man sie nicht dauernd
üben müßte.
SHARON STONE

So mancher meint ein gutes Herz zu haben
und hat nur schwache Nerven.
MARIE VON EBNER-ESCHENBACH

U

Ungerechtigkeit

Die Männer sind ungerecht: Sie sehen immer nur den Baum, gegen den eine Frau gefahren ist – aber die vielen Bäume, die sie nicht einmal gestreift hat, die sehen sie nicht.
LISA GASTONI

Unmoral

Wenn ich mich zwischen zwei Schlechtigkeiten entscheiden muß, dann begehe ich die, die ich vorher noch nie ausprobiert habe.
MAE WEST

Unschuld

Es gibt Frauen, die von Jahr zu Jahr
unschuldiger werden.
GRETA GARBO

Unterschied

Abgesehen von den Geschlechtsorganen,
den sekundären Geschlechtsmerkmalen und
den Eigenheiten des Orgasmus gibt es keine
wirklichen Unterschiede zwischen
Mann und Frau.
KATE MILLETT

Wie lächerlich gering ist der Unterschied
zwischen Mann und Frau: Von achtundvierzig
Chromosomen unterscheidet sich nur eines.
GERMAINE GREER

Unvernunft

Kein Mann ist imstande, die weibliche
Vernunft zu begreifen. Deshalb gilt sie als
Unvernunft.
Eleonora Duse

Unwiderstehlich

Wenn ein Mann sich für unwiderstehlich hält,
liegt es oft daran, daß er nur dort verkehrt, wo
kein Widerstand zu erwarten ist.
Françoise Sagan

V

Vater

Kein Mensch ist für seinen Vater verantwortlich. Das ist einzig und allein Sache der Mutter.
MARGARET TURNBULL

Verehrung

Verehrung ist tiefgekühlte Liebe.
FRANÇOISE SAGAN

Vergessen

Es ist viel besser, zu vergessen und zu lächeln, als sich zu erinnern und traurig zu sein.
CHRISTINA ROSSETTI

Verliebte

Einem verliebten Mann fehlt etwas, solange er
nicht verheiratet ist. Dann ist es mit
ihm vorbei.
Zsa Zsa Gábor

Nur eine verliebte Frau bringt es fertig,
einen Mann zu durchschauen,
ohne ihn anzublicken.
Kim Novak

Wenn der Mensch verliebt ist, zeigt er sich so,
wie er immer sein sollte.
Simone de Beauvoir

Versuchung

Frauen warten auf die Versuchung, Männer
gehen ihr entgegen.
Catherine Spaak

Vertrauen

Der höchste Vertrauensbeweis unter Männern: dem Freund den Sportwagen zu leihen. Ob die Frau drinsitzt oder nicht, ist fast schon nebensächlich.
EDNA GRACE

Verzweiflung

Wer verzweifelt, ist ein verdammter Narr.
MAE WEST

Voyeure

Voyeure sind Männer, die nur noch besichtigen, weil sie nichts mehr beabsichtigen.
HELEN VITA

W

Wahl

Wenn eine Frau die Wahl zwischen einem Pelzmantel und einem Geliebten hat, wählt sie den Pelzmantel aus der Hand des Geliebten.
JEANNE MOREAU

Wahrheit

Ich weiß nie, wieviel von dem, was ich sage, wahr ist.
BETTE MIDLER

Ich kümmere mich nicht darum, was über mich geschrieben wird – solange es nicht wahr ist.
DOROTHY PARKER

Warten

Alles, was zu besitzen sich lohnt, lohnt auch,
daß man darauf wartet.
Marilyn Monroe

Warten können ist eine große Kunst, nichts
erwarten eine noch größere.
Ingrid Bergman

Frauen lassen einen Mann nur deshalb
warten, weil sie damit seine Vorfreude
vergrößern wollen.
Hannelore Elsner

Vor allem muß man die Männer warten
lassen. Die Liebe ist ein großes Wartezimmer,
in dem es vor Ungeduld knistert.
Hélène Wiener

Western

Männer sehen am liebsten Westernfilme, aber
sie haben Angst vor Pferden.
ANONYM

Wetter

Was für ein furchtbar heißes Wetter wir
haben! Es versetzt mich in einen beständig
uneleganten Zustand.
JANE AUSTEN

Widerstand

Der Widerstand einer Frau ist nicht immer ein
Beweis ihrer Tugend. Oft ist er ein Beweis
ihrer Erfahrung.
NINON DE LENCLOS

Wissen

Wissen ist Macht, vor allem das Wissen über andere Leute.
Ethel Watts Mumford

Wohlbefinden

Für das Wohlbefinden einer Frau sind bewundernde Männerblicke wichtiger als Kalorien und Medikamente.
Françoise Sagan

Z

Zähne

Die Männer sind wie Zähne: Es dauert lange,
bis man sie bekommt. Wenn man sie hat, tun
sie einem weh. Und wenn sie nicht mehr da
sind, hinterlassen sie eine Lücke.
FRANÇOISE ROSAY

Ziel

Es ist das Ziel jeder Frau, den Mann zu dem zu
machen, was er vor der Hochzeit zu sein
behauptet hatte.
MICHELINE PRESLE

Zufall

Es ist bestimmt kein Zufall, daß man als
Vogelscheuchen immer nur Männer aufstellt.
DORIS BLAKE

Zuhören

Wenn ein Mann will, daß ihm seine Frau
zuhört, braucht er nur mit einer anderen
zu reden.
LIZA MINNELLI

Zusammenleben

Heutzutage kann man kein halbes Jahr mit
einem Mann zusammenleben, ohne daß man
gleich als verlobt gilt.
BRIGITTE BARDOT

Alle „bösen Mädchen"
auf einen Blick

Helga Anders 116
Elga Andersen 114
Ursula Andress 36
Laura Antonelli 30
Roseanne Arnold 74
Hanan Ashrawi 47
Nancy Lady Astor 59,120
Jane Austen 117,120,133
Lauren Bacall 43,94
Joan Baez 18
Josephine Baker 48
Brigitte Bardot 5,22,31,109,136
Vicky Baum 92
Maud Baynham 61
Simone de Beauvoir 6,53,87,90,128
Birgit Berg 32,46
Ingrid van Bergen 23,51
Senta Berger 42,44,50,55,56,71,75,
93,94,102,108,112
Ingrid Bergman 132
Mireille Best 38
Simone Bicheron 32
Stella Bing 38
Dinah Blake 80
Doris Blake 136
Harriet Bowls 88
Dianne Brill 85
Hella Brock 91
Rita Mae Brown 73
Pearl S. Buck 60
Abigail van Buren 29,95
Agata Capiello 35

Claudia Cardenale 27
Vera Caspar 95
Lillian Carter 41
Barbara Cartland 8,62
Coco Chanel 23,44,74,110,112
Cher 59
Agatha Christie 87,111
Glenn Close 55
Colette 48,76,77
Yvette Collins 85
Maud Connolly 86
Shirley Conran 73
Miranda Corti 107
Judith Cosgrave 62
Vivian Cox 82
Bette Davis 34
Cathérine Deneuve 12,24,90
Marlene Dietrich 6,16,25,50,52,120
Dorothy Dix 31
Doris Dörrie 71,104
Madame Dubarry 108
Faye Dunaway 30
Marguerite Duras 114
Tilla Durieux 28
Eleonora Duse 43,56,90,125
Marie von Ebner-Eschenbach 7,25,29,34,
38,46,47,48,70,74,77,78,94,97,121
Anita Ekberg 30
Hannelore Elsner 132
Ute Erhardt 81
Edna Ferber 62
Lisa Fitz 90,101
Jane Fonda 73
Ann Ford 21
Luisa Francia 112
Amelie Fried 43,77
Magda Gabor 61

Zsa Zsa Gábor 10,31,44,51,54,57,
60,69,74,84,102,113,116,128
Greta Garbo 124
Ava Gardner 63
Elizabeth Gaskell 57
Lisa Gastoni 123
Margret Genth 116
Charlotte Perkins Gieman 43
Uschi Glas 13,115
Francoise Giroud 55
Edna Grace 129
Juliette Gréco 12,86,107
Germaine Greer 65,114,124
Kim Grove 75,78
Lilli Gruber 62
Josephine Hall 109
Francoise Hardy 99
Lucille S. Harper 27
Eva Heller 35
Patricia Henley 36,83
Audrey Hepburn 7,102
Katharine Hepburn 8,60
Ursula Herking 86
Trude Hesterberg 9
Dagmar Hilarova 79
Hedda Hopper 91
Mary Hottinger 28
Helen Hunter 78
Erika Jenninger 102
Bibi Johns 29
Libby Jones 12
Erica Jong 11,32,113
Donna Karan 93
Maureen Kelly 28
Florynce Kennedy 111
Irmgard Keun 85
Johanna von Koczian 89

Conny König 113
Annette Kolb 17
Dagmar Koller 10
Topsy Küppers 5
Isolde Kurz 53
Marianne Langewiesche 39
Daliah Lavi 81
Ninon de Lenclos 133
Linda Lion 44
Virna Lisi 37,69,76
Gina Lollobrigida 41
Sophia Loren 8,20,38,97,103,115
Lore Lorentz 85
Gertraud von Lützau 17
Rosa Luxemburg 46
Shirley MacLaine 41
Madonna 63
Anna Magnani 12,13,77,103
Franca Magnani 37
Anna Mahler-Werfel 27
Jayne Mansfield 88
Jackie Mason 112
Daphne du Maurier 68,75,111
Else Maxwell 45
Mary McCarthy 92
Golda Meir 7
Vivian Mellish 114
Inge Meysel 9
Danielle Michaux 31
Bette Midler 113,131
Kate Millett 89,124
Laura Mindt 110
Silvia Mingotti 13
Liza Minnelli 136
Esther Mitchell 82
Margaret Mitchell 120
Nancy Mitford 6

Anna Moffo 105
Linda de Mol 113
Marilyn Monroe 132
Jeanne Moreau 8,24,29,42,44,51,
53,76,80,83,84,107,113,131
Michèle Morgan 8,45,76,105
Ethel Watts Mumford 134
Anna de Noailles 39
Kim Novak 18,128
Hermine Ohlen 11
Yoko Ono 61,110
Carmen Ortiz 5
Lilli Palmer 78
Dorothy Parker 7,19,51,79,87,109,131
Maria Perschy 93
Francoise Perturier 78
Michelle Pfeiffer 89
Miss Piggy 38
Diane Pinkwood 84
Erika Pluhar 37,89,104
Mimi Pond 43
Madame de Pontigny 79
Mary Pettibone Poole 70
Edith Piaf 94
Olivia Porter 65
Micheline Presle 30,84,135
Diana Pricker 9
Liselotte Pulver 10,34,75,105
Libby Purves 15,49,66,82,95,96,111
Vanessa Redgrave 30,52
Ruth Rendell 75
Felicitas von Reznicek 45,54,76
Julia Roberts 93
Alice Roosevelt Longworth 49
Eleanor Roosevelt 92
Francoise Rosay 135
Christina Rossetti 127

Helen Rowland 32,58,59,71,79
Francoise Sagan 28,43,48,53,58,
81,87,93,108,125,127,134
Tatjana Sais 99
Jil Sander 93
Maria Schell 85,110
Romy Schneider 67
Margarethe Schreinemakers 46
Christine Schuberth 115
Elizabeth Schuler 54
Sheila Scott 71
Charlotte Seemann 33,45
Gerti Senger 88
Annemarie Selinko 55
Heide Simonis 34
Cornelia Otis Skinner 121
Valerie Solanas 83
Elke Sommer 23,77,101
Catherine Spaak 94,128
Muriel Spark 48
Madame de Stael 52
Gertrude Stein 51,68
Gloria Steinem 35,36,42,80
Cora Stephan 50
Joan Stewart 18
Sharon Stone 115,121
Eleonore van der Straaten-Sternberg 24,32
Barbra Streisand 52,85,109
Karin Struck 86
Gloria Swanson 19
Roberta Tennes 33
Margaret Thatcher 105
Lily Tomlin 79
Olga Tschechowa 69,82
Margaret Turnbull 44,127
Liv Ullmann 76,104
Rahel Varnhagen 37

Queen Victoria 15
Esther Vilar 86
Helen Vita 17,20,46,59,63,
86,114,129
Laura Vivaldi 12
Antje Vollmer 21,66
Alice Walker 70
Cynthia Warren 68
Mary Waters 29
Grethe Weiser 99
Heidelinde Weiss 11
Raquel Welch 67
Carolyn Wells 54
Mary Wendell 97
Mae West 27,45,47,59,84,
87,88,89,119,123,129
Rebecca West 57
Hélène Wiener 132
Katharine Whitehorn 15,16,35,65,
66,67,95,119
Hanne Wieder 33
Esther Williams 16
Shelley Winters 23,58
Gloria Wynne 33
Gabriele Wohmann 19
Patricia Wood 83
Virginia Woolf 18,45,70,83,88